CATALOGUE

D'UNE COLLECTION

DE

BONS TABLEAUX

DONT LA VENTE AUX ENCHÈRES PUBLIQUES AURA LIEU

Par suite du décès de M. X...

HOTEL DES COMMISSAIRES-PRISEURS

Rue Drouot, n° 5

GRANDE SALLE N°

Le Jeudi 24 Décembre 1857,

À 2 heures 1/2 très-précises.

Par le ministère de M° GÉNEVOIX, Commissaire-Priseur,
rue de l'Échiquier, 34.

Assisté de M. FEBVRE, Expert, rue de Choiseul, 13,

Chez lesquels se distribue le présent Catalogue

EXPOSITION PUBLIQUE

Le Mercredi 23 Décembre 1857, de midi à 4 heures.

PARIS

RENOU ET MAULDE

IMPRIMEURS DE LA COMPAGNIE DES COMMISSAIRES-PRISEURS

rue de Rivoli, 144.

1857

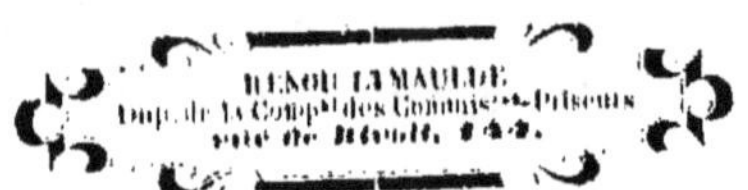

CATALOGUE

D'UNE COLLECTION

DE

BONS TABLEAUX

DONT LA VENTE AUX ENCHÈRES PUBLIQUES AURA LIEU

Par suite du décés de M. X...

HOTEL DES COMMISSAIRES-PRISEURS

Rue Drouot, n° 5

GRANDE SALLE N° 5

Le Jeudi 24 Décembre 1857,

à 2 heures 1/2 très-précises.

Par le ministère de M° **GÉNEVOIX**, Commissaire-Priseur,
rue de l'Échiquier, 34,

Assisté de M. **FEBVRE**, Expert, rue de Choiseul, 13,

Chez lesquels se distribue le présent Catalogue

EXPOSITION PUBLIQUE

Le Mercredi 23 Décembre 1857, de midi à 4 heures.

PARIS

RENOU ET MAULDE

IMPRIMEURS DE LA COMPAGNIE DES COMMISSAIRES-PRISEURS

rue de Rivoli, 144.

1857

CONDITIONS DE LA VENTE

Elle sera faite au comptant.

Les acquéreurs payeront en sus des adjudication cinq pour cent applicables aux frais

DÉSIGNATION

DES TABLEAUX

ÉCOLES FLAMANDE & HOLLANDAISE

BLOEMEN (Van, dit Orizonti).

1 — Ville italienne et place publique.

Des marchands de chevaux, des villageois conduisant des bestiaux; des muletiers, des bateleurs et une foule compacte encombrent une place où s'élèvent de riches palais; dans le fond, près d'une église, un riche équipage est conduit par des écuyers.

BOEL (Peeter, signé).

2 — Quelques fruits à terre, près d'un groupe de belles fleurs, est un perroquet perché sur les débris d'une sculpture antique.

3 — Cabinet d'un antiquaire.

De riches vases en orfèvrerie, un plat en or repoussé, de riches armes, une trompette et divers objets dispersés sur une table et sur un fauteuil en velours orné de franges, quelques draperies, des tapis largement exécutés complètent cette bonne production.

CARRÉ (Michel, signé).

4 — Repos d'animaux.

Ruines de palais antique, près desquelles des animaux, au repos, sont gardés par des villageoises.

DROGSLOOT.

5 — Les œuvres de miséricorde.

Au centre d'un village sont plusieurs groupes de mendiants auxquels on distribue des aumônes.

HELLEMONT (Van, signé).

6 — Kermesse.

Cour d'auberge dans laquelle sont réunis des villageois ; à gauche, de joyeux convives sont à table, près d'eux est un joueur de vielle ; à droite, un groupe de danseurs ; sur divers points des fumeurs et des buveurs ; sur le devant, servante nettoyant des ustensiles de cuisine.

KONING.

7 — Intérieur.

Dans un somptueux appartement est assise la femme d'un stathouder ; à ses pieds une de ses femmes préside aux soins de sa toilette.

MALTAIS (LE CHEVALIER).

8 — Table couverte d'un tapis d'Orient, sur lequel est une corbeille contenant des fruits.

MEULEN (VAN DER).

9 — Choc de cavalerie.

10 — Tableau capital représentant le siége d'une ville sous Louis XIV.

MOUCHERON (FRÉDÉRIC).

11 — Paysage offrant, au centre, une côte boisée où des seigneurs ont fait arrêter leur équipage ; dans le fond sont des collines éclairées par un soleil couchant.

SNEYDERS (FRANÇOIS).

12 — Des fruits de toute nature couvrent une table qui occupe une partie de la composition ; sur des branches de vignes, sont perchés un chardonneret et un bouvreuil ; à gauche et à terre, des légumes et divers accessoires.

SNEYDERS (François).

Figures par DEVOS.

13 — Marché aux poissons.

Sur une table en pierre sont étendus des cabillaux et autres gros poissons, la gueule béante ; la marchande, jeune femme fraîche et robuste, reçoit les compliments que lui prodigue un vieillard.

PAR LES MÊMES.

14 — Jésus chez Marthe et Marie.

Marie est prosternée aux pieds du Sauveur qui est suivi de ses disciples ; Marthe présente à ses convives des fruits et denrées amoncelés autour d'elle.

15 — Basse-cour.

Deux oiseaux de proie s'abattent au milieu d'une basse-cour ; l'un d'eux a déjà saisi une poule qu'un coq cherche vainement à défendre ; aux cris poussés par les volatiles, un jeune garçon accourt et cherche par ses cris et ses gestes à éloigner les dangereux maraudeurs.

ULFT (VAN DER, signé, 1660).

16 — Place d'une ville antique entourée d'édifices en
ruine.

L'artiste a représenté l'épisode d'une con-
quête ; sur la place, des Orientaux emmènent
de nombreux captifs. Production capitale de
ce maître, dont les œuvres sont très-rares.

BENARD (signé, 1761).

17 — Cuisine d'auberge.

Des poutres à jour soutiennent la toiture
d'une salle basse dont l'aspect est des plus
pittoresque ; près d'un foyer sont réunis des
villageois ; d'autres groupes causent ou s'oc-
cupent des soins de la maison.

18 — Pendant et même genre de composition que le
précédent.

BRUANDET (attribué à).

19 — Paysage avec entrée de forêt.

DEMARNE.

20 — Villageois et animaux traversant un gué.

FONTAINIEU (de Marseille).

21 — Vue prise en Estrelle. Fixé.

22 — Paysage avec cascade. id.

MIGNARD (Pierre).

23 — Buste de la Vierge.

La Mère du Sauveur, les mains jointes, les
yeux baissés, est dans l'attitude de la prière ;
le manteau bleu qui couvre ses épaules est à
demi caché par un voile qui couronne sa tête
angélique.

OUDRY (Jean-Baptiste, signé).

24 — Chien de chasse et gibier mort.

**25 — Bécasse et canard sauvage ; la première suspen-
due par l'aile, l'autre par la patte, puis quelques grenades ouvertes et un brûle-parfum
en porcelaine montée ; le tout posé sur une
table en pierre.**

RIGAUD (Hyacinthe).

**26 — Portrait en pied du prince de Conti, fils de
Louis XIV et de Mlle de La Vallière, représenté sous le costume d'un général com-
mandant un corps d'armée dont on aperçoit,
dans le lointain, les nombreux escadrons.**

ROBERT HUBERT.

26 bis — Incendie de Rome.

VERNET (Joseph, signé 1779).

27   Chute d'eau.

Paysage avec rivière recevant les eaux d'une cascade qui tombe en bouillonnant; à droite s'élève une montagne; sur la rive, bateau ramenant des promeneurs.

DU MÊME (signé. 1778).

28   — Les bords du Tibre.

Le soleil répand ses derniers rayons sur une campagne couronnée de montagnes; un batelier traversant la rivière, des baigneurs et des lavandières animent cette agréable composition.

29   — Torrent tombant en cascades entre deux montagnes.

ÉCOLE ITALIENNE

CIGNANI (Carlo).

30   — Sainte expirant assistée par saint Pierre.

AMERIGHI (dit le Caravage).

31 — L'histoire.

Allégorie de l'Histoire, représentée par une jeune femme ayant la tête couronnée de laurier, assise devant un livre.

DOLCI (Carlo).

32 — Sainte martyre.

La sainte a les bras liés, ses yeux sont élevés vers le ciel; elle attend, avec une ferme résignation, le moment des tortures.

TITIEN (d'après).

33 — Femme nue couchée.

ÉCOLE MODERNE

BONINGTON (attribué à).

34 — Femme nue couchée sur un lit de repos.

CICERI (Eugène).

35 — Une rue du vieux Rouen.

DE DREUX (Alfred).

36 — La promenade.

GUIGNET (attribué à).

37 — Turcs jouant aux dames.

INCONNU.

38 — Grande miniature sur vélin représentant le portrait de Louvois, entouré d'une guirlande de
fleurs.

39 — Belle miniature représentant les Hébreux ado-
rant ou dansant autour du veau d'or.

40 — Sous ce numéro les tableaux omis.

RENOU et MAULDE, Imprimeurs de la Compagnie des Commissaires-Priseurs
rue de Rivoli, 144.   7091